KB266639

아무도 머물지 않았다

이경석 시집

아무도 머물지 않았다

오늘날 시는 언제부턴가 모르게 늘어지고 길어졌다. 그런데 그 늘어지고 길어진 만큼 독자들과도 멀어지고 말았다. 자유시와 산문시의 확장은 분명 형식의 자유를 가져왔지만, 현대시는 구절구절이 복잡해졌고 의미는 겹겹으로 숨겨졌다. 그리곤 그 난해한 해석은 독자의 몫이라며 줄곧 방치하고 있었던 것이다.

시는 긴 설명이 아니고 정갈한 울림이다.
의미를 이해하기 위해 애를 써야 하는 구절보다는 읽는 순간 가슴에서 먼저 반응하는 언어가 시의 본래 모습일 것이다.

지금 세계의 젊은이들이 열광하는 〈하이쿠〉를 굳이 인용치 않더라도 이젠 시가 원래 자리로 돌아가야 한다. 그런 의미에서 시는 여백이 존재하며 여운이 피어나고 울림이 깊어야 한다.

나는 그간 일천 수의 시를 썼다. 모두 활자화되지는 못했지만 나름 자신의 모습을 가지고 있다. 이번 네 번째 시집을 엮으면서 위에서 말한 취지를 시도하려 한 줄에서 다섯 줄이 넘지 않는 형식으로 쓰고자 노력하였다. 하지만 내 글재주가 일천 한지라, 정갈하고 간결하며 여백과 여운 그리고 울림이 깊은 글을 쓰지 못했음을 고백하지 않을 수 없다.

이제 미래의 시는, 설명하지 않되 혼자 가지 않고, 어렵지 않되 가볍지 않은 그런 방향으로 가야 한다. 어쩜 짧은 시는 친절한 것이다. 작가가 독자에게 친절할 때 독자들이 돌아오고 독자들이 돌아와야 비로소 시가 살아나고 우리의 문학이 다시 숨을 쉬게 될 것이기 때문이다.

차례

시인의 말

1부　이 가을에서야

4부 침묵은 기다리는 것이다

평론_이청진(시인·《글의 세계》 주간)

평론_김한아(시인)

이 가을에서야

시
점

어디까지 왔을까?
뭘 하고 있는가?

초가을

후두둑
아침 햇살이 떨어졌다

시작과 마무리

비 오는 날
우산이 되고 싶었다

비 오는 날
비 맞는 이 되었다

관
점

외롭거나
고독하지 않은 삶은

어리석거나
서러운 것이지

처서바다

바다 위로
줄곧 햇볕이 내려 쌓였다

기다란 석양이
허리 굽혀 몸을 적시고

행복

넷이 앉아 밥을 먹었다

군
불

잔망하지 않아 묵묵하고
길가 잔가지 끌어모아
윗목까지 덥히는
너

때로는 침묵이

끝끝내 하지 못한 말
가슴에 옹이가 된 줄 알았는데

나를 지키는 버팀목이었다

깊
은

밤
에

바람은 창문 흔들고
달빛이 창문 열었다

바닷가

바닷가 모래 위에 쓴 말들
모두 지워졌을까?

봄
날

새들이
둥지를 새로 질까 손을 볼까
궁리하지

꽃들은
산에 필까 마당에 필까
궁리를 해

붉
은

시
절

산길에 하얀 억새가 피면

빨간 단풍으로
가슴이 뛰었다

붕어섬

어느 날은 여리고
어느 날은 어른스럽다

바람 부는 날

바람 부는 날이 많아지자

새들은
조금 더 서쪽으로 날아갔다

시월은

불같은 열정이었는데

물끄러미
말갛게
바라보고 있다

쉬
어
가
라

하루가
마른 연적처럼 지나가 버릴 때
호두 껍데기만큼 무료할 때

쉬어라
쉬어가라

시인

기다림 하나 붙들고 사는 이

설
야

메밀꽃 빛깔 자욱한 새벽

마당 위에 내려앉지 못하고
허공으로 솟구침을 반복하는
눈
눈
눈

소의 눈

호수보다 큰 눈이
호수보다 맑아 서럽다

그놈은 도처에 있다

미련은
젊은 날에만 있는 줄 알았는데

그놈은 도처에 남아 있더군

역

오는 사람보다 가는 사람이 더 많은 공간

첫
사
랑

다시 만나 보진 못했지만

늘 고마웠다
덕분에 세상이 아름다웠다

생
과
삶

생이 삶보다
단순하다는 말은 틀린 것이었다

생의 하루도
결코 만만치 않았다

용
서

소리 내지 못한 그리움을 용서하자

서둘러 가버린 기다림도 용서하자

이
별

만남보다는 이별이 진실한 것이더라

가을에서야

이 가을에서야
네게 독립해서
너를

사랑할 수 있다

묵
은 감
자

썩어서 영속을 얻지 못하고
되돌릴 수 없는 마술을 풀지 못한 채

시간은 너에게도 애물이었나 보다

잡
초

나대지 않았는데
나서지 않았다고

잡초가 되었더라

청산도 초분

봄이라서 유채꽃 지천인데

왜 볏짚 속에 누워
동부새 소리만 내시는가

2부

길이 하나 새로 생기지

노을

남아 있는 것은

멍에요
미련이구
긴 일상뿐인걸

그림자 물속에 빠지다

그림자가 물속에 빠졌다
물 위를 걸을 시간이 많다고
잠깐 여유를 부렸는데

그림자, 물속에 쑥 빠져 버렸다

울음

울어 본 사람만 알지
울음 후에 얼마나 큰 개운함이 있는지

그리곤
길이 하나 새로 생기지

색
깔

기다림의 색깔은
시퍼렇다

그리움과 기다림

그리움은 시들지 마라
기다림은 지치지 마라

보고 싶은 것

보고 싶은 것은

늘
까마득히 멀다

뭘
까

이것도 아니고
저것도 아닌

이 어정쩡함은

낮
달

벌건 대낮에 머리 풀고 있는 넌
한라산 걸어 오르는 상괭이구나

청춘이란

여지없이 술을 마시는 것이지

광화문 스케치

급기야
절박한 눈빛과
어쩔 수 없는 눈빛이 맞부딪쳤다

기
억

떠나는 날만 있었다

비가 오거나
달이 뜨거나

그
밤
들

달빛을 거푸 마셔도
별빛 겹겹이 덮어도

새벽이 돼서야 잠이 들었다

종
점

국화가 마르고
서리가 내리다

소
멸

머물지 못하는 시간과
떠나는 모든 형상에게

소멸은 아름다운 것이라 말해줬다

사랑의 정의

1.
사랑은
설렘과 고통을 버무려 시를 만드는 작업

2.
사랑은 미워할 순 있어도
후회하거나
미안해서는 안 되는 것

섬

외로움
그리움
기다림

섬이다

폐
교

울긋불긋 떠드는 소리

호루라기 소리
셋네, 셋네
뒤따르는 합창 소리

닷
옴

보고픈 날은 하늘을 보았다
그래도 더 힘든 날은

한 발 그리로 걸어갔다

가을이 졸다가

다 영근 풀씨
다 익은 언어
한 소식 닿은 바람 때문일까

훌훌 벗어던지고 있다

꼬두람이 가을

서리 내린 콩밭
누런 벌레 소리

이슬로 야윈 장목수수
긴 목이 무거워

뒤
태

꾸밈없는 표정이다

앞모습이 영 글렀던 나는
찐한 뒤태는 갖고 싶다

비가(悲歌)

밤새도록 비가 내렸다

굳게 닫혔던 성채는
하룻밤 비로 떠내려갔다

한
계

머물고 싶은 시간,
안고 싶은 공간은

매번 의식보다 앞서 지나갔다

기
다
림

누구나 기다리지 마라
누구도 기다리지 마라

기다림은
선승조차 고약한 화두

미
착
점

중간에 늘 비겁한 나는

우물쭈물거리다가
기어이 여기까지 왔다

머무르고 싶은 기억

며칠 밤을 새워 썼던 첫 분홍 편지
별빛 따라 흐르던 기타 소리
입영전야

해가 짧아지면

길섶에 핀 구절초 한 송이

갈바람처럼
마른 인사라도 해야지

오동도에 가면 동백이

진달래 절창이던 그날
동백꽃 일제히 앞바다로 떨어졌는데

미련으로 차마
그가 돌아올지도 모를 오솔길에
뛰어내린 너

상업은행 야구장

여기를 또 누가 알까
여기를

이곳의 이야기들
또, 한 사람이 알지

3부

강으로 오르는 바다

곡
우

오래전에 출발선을 떠난 꿈은

이번
곡우에도 썩지 못하는가 보다

강으로 오르는 바다

꿈을 꾼다

바다로 흐르는 강보다
강으로 오르는 바다를

가벼워지기

아직 찾지 못한 그대보다
나를 찾지 못한 그대라 여기면

기다림이 한결 가벼워지지

포장마차

이곳은 마지막 남은 보루

술잔에 일렁이는 불빛이
내게 남은 전부였다

입
추

목백일홍이 더는 피지 않았다
이윽고 여름이 시들었다

처
서

화선지에 난을 치고
국화 향을 뿌렸다

재
개
발

첫사랑에 재개발이 있다면

그럼 꼭
한 번 다시 해보고 싶다

허
탕

그에게 도망친다고 도망쳤는데
그는 어느새 앞에 서 있다

끝
냄

시작할 때
온 마음을 다했던 만큼

끝냄도
최소 그만큼은 해야지

보고싶은 얼굴

조그만 아들 무릎에 누이고
마냥 내려다보던 젊은 엄마

청춘과 인생

가고 싶은 길이 있다
해야 하는 일이 있다

고양이와 집사

자기가 주인인 양 낄낄대며
온 집안 활보하는 놈

정이품 정부인(貞夫人) 자리 내어주고
그의 집사가 된 여인

별
리

너무 멀리 가진 마시라

남루하고 고단할 때 다시
발길 못 할까 염려가 돼

어긋남

내가 아픈데 그는 웃었고
내가 좋은데 그는 아프다

수동헌

집은 아주아주 느리게 자라났다
혼자서 짓기에 서두르지 않았다

기어코 어느 날,
기다란 시간이 대들보에 걸려 있었다
고집불통 땀이 중기둥을 잡고 있었다

집이 먼저 주인을 닮았고
이제 주인이 집을 닮는다

난
제

한다고 정말 한다고 했는데
힘들다는 말이 돌아오더라

비
련

액자에 기억 한 송이 넣고
박제된 그를 바라보는 일

별
똥
별

별이 없던 밤이었는데
별똥별 하나 내려와

왼쪽 가슴을 내주었다

기다림, 바람과 비

기다림,
바람이더니 비가 되더라

원
산

자작나무 숲을 걸어서 지나는 바람

◦스님 법명

바
람

나를 흔들다 가버린 바람은
어디를 지나고 있을까

실
연

머리를 쥐어뜯는 지옥이었지
근데, 간이 안 된 세상에서
그마저 없었으면 어쩔뻔했어

실연, 꼭 해볼 만한 거야

봄

꽃들이 피어나고

다시
해미가 시작되다

종
결

당신을 묻지 못하고
내가 먼저 죽었습니다

자존심과 자존감

자존심은 화난 것이고
자존감은 웃는 것이다

눈
물

눈물 없는 아이라 여겼는데
숨어서 우는 아이를 보았다

고양이 울음

밤 깊은데 아이 울음 같아서

혹여 하며
매번 문을 연다

강
물

강은 저렇게 그 자리에 있었는데

시절이 흘러가고
약속이 흘러갔다

단주 선언

은수가 술을 끊었다 한다

아!
우리 시대는 끝이 났다

추억속 그녀가

나는 늘
이 자리에 있었는데

너는 어디를 그렇게
쏘다니니?

4부

침묵은 기다리는 것이다

사
월

그런 날들이 있었다
촛불에 멈칫하던 바람

Love is···

지쳐 돌아오는 그를
쉽게 하는 나무

내
청
춘

시간에 떠밀려 등을 보이던 날
한사코 뒤를 돌아보던

그놈

말

숱한 말을 허공으로 토했고
그들이 발효돼

새의 날갯짓이 되었다

로드킬

근심스레 주저하던 두려움
물끄러미 바라보던 배고픔

이제야
모락모락 끝이 나고 있다

적
멸

아무도 머물지 않았다

시간이
공간이
형상이

예
술

모든 게 소멸이라 여기지만

잠시라도
존재했음을 알리는 행위

시간이 지나고

실연은 내게
고통을 주었을 뿐인데

나는 그에게
고마움을 전하고 싶네

삶

돌아갈 순 없지만
돌아볼 수 있어서 산다

침
묵

침묵하는 것
기다리는 것이다

전
설

을축년 대 장마가 지고
모든 게 다 떠내려가도

집을 짓고 밭을 갈았다

널 기다리다

기다리다 기다리다 널 기다리다
꽃이 지고 해는 석양이지만

떡갈나무 명지바람 소리

흑
산
도

바다는
적도까지 펼쳐진 초원

섬은
초원에 선 살찐 망루

두
려
움

스멀거리는 두려움이 거미줄 되었다

三喜齋(삼희재)

계절이 사십 번 지나도록
오로지 홀로 집을

아마도 그는
전생에 아사달이었던 거야

동
무

먼저 손 내밀어
뭐든 말할 수 있는 눈사탕

의
심

이유 없이
못살게 구는 사람이 생겼다면

의심하세요
사랑받고 싶어서일 수 있으니까

아웃사이더

내가 보면
내가 아웃사이더

네가 보면
네가 아웃사이더

아웃사이더 2

외로운 것이라 하니
해야 할 일이고

서러운 것이라 하니
해볼 만한 것이야

소리

남은 게 밥 한 공기 소찬이지만
텅 빈 가슴 바람 소리 그득하다

인연

가지 말 길인데 가게 되고

만나지 말 사람인데
만나게 되는 것이지

떡
갈
나
무

마른 나뭇잎 사각사각 소리
폭설 한파에도 끄떡없지만

움트는 새싹에는 지고 말지

자목련

그 집 마당 안에 가득했던
붉은 열정

가슴 설레던 자색 향기

아우라지 뗏목

아우라지 뗏목 마디마다
삶을 묶었다
한을 묶었다

하늘에선 비가 내렸다

패
랭
이

가꾸어져 피기보다는
홀로 피는 패랭이꽃

도도하게 혼자 서 있는
네가 꽃이다

청
춘
은

열여섯,

주변은 온통 연초록이었는데
왜 그리 회색빛만 보였을까

어느 이들의 공통분모

범산
상봉동 쌍굴다리
문희락 윤영필
최순이 현승재라

연인들

오늘은
꽃자리

내일은
무서리

원산에게 묻다

윤회의 고리에서
벗어나고 싶다 말하면

웃을까
노할까

고
백

나를 가장 설레게 했던
한 줄 문장

I'm fond of you

평론

내적 만남과 성찰의 조각

이청진(시인·《글의 세계》 주간)

삶은 늘 철학적으로 인식하기에 존재한다. 이번 이경석 시인의 작품을 접하면서, 마치 산행 중 만난 동굴에서 깊이 울려 퍼지는 메아리 같은 느낌을 받았다. 또한 또렷하고 맑으며 예리한 관찰과 따뜻한 여유로움이 공존하고 있다. 시인은 지구와 우주의 소리를 듣고 자연적인 서정과 서사인 주변의 삶을 군더더기 없이 보여주고 있었다. 간결하고 짧은 형식을 취한 시들은 잠언과 같은 여백과 여운을 공존시키고 있다. 시의 울림보다는 긴 설명으로 점철된 현대 시의 아류에 말하고 있는 것이라 느껴졌다. 시인의 이러한 시도는 현대문학의 시 형식에 획을 긋는 메시지가 될 것이다.

이번 시집 『아무도 머물지 않았다』는 기존의 여느 시들과는 다른 명쾌한 소통을 하고 있는데, 짧고 말끔한 시 형식은 언어의 마술 같은 발상으로 늘 깨어 있겠다는 약속이다. 이번 시들은 특별해서 소재나 주제가 깔끔하

고 담백하며 그 속의 여운은 각기 다른 작용으로 다가
오고 있다. 어떤 의미일까?

국화가 마르고
서리가 내리다
　　　　　　—「종점」

모든 예술은 내용과 형식에 따라 다르며 그 속에서 불
가분을 만드는 사유의 간절함이 묻어나는 것이다. 시인
은 그 간결한 향을 풀어내고 있다. 가을꽃이 마르고 서리
가 내리면 생의 마지막 순간이 다가온다. 인간도 자연의
이치에서 보면 입체적으로 태어났다. 저토록 간절한 반짝
임을 간직한 종결의 모습조차도 미학의 절정에 달한다.
시의 소재가 해탈·탈각(稅却)의 경지가 아니고는 저런 법
고(法古) 소리는 낼 수 없다. 시인의 자아가 애초에 자연
안에 서정적으로 몰입된 시공에 서 있음이다.

달빛을 거푸 마셔도
별빛 겹겹이 덮어도

새벽이 돼서야 잠이 들었다
　　　　　　—「잠」

형상 있는 모든 것들은 기억해 주는 사람이 있는 한

소멸은 없는 것이다. 아름다운 절구의 구성 요소가 초·
중·종으로 완결미가 있어 더욱 돋보인다.

　　메밀꽃 빛깔 자욱한 새벽

　　마당 위에 내려앉지 못하고
　　허공으로 솟구침을 반복하는
　　눈
　　눈
　　눈

　　　　　　　　—「설야」

　맑은 영혼이 시간 속에서 서성이다 눈으로 내려와 천
상의 아침을 연다. 자연 속에서 시각과 청각은 여운의 세
계 속으로 이끈다. 감정을 최대한 절제하고 대상을 모셔
다 단정하게 앉혀 놓고서도 극적 대화의 화자에게 소통
을 강조하는 치열함이 있다.

　이경석 시인의 『아무도 머물지 않았다』는 짧은 시, 긴
여운으로 소재, 주제, 형식, 기법 이미지가 자유로우며 아
울러 어느 것에도 귀속되지 않는다. 또한 어느 한 줄 유
사성이 없긴 하지만 판단은 독자의 몫이다. 작가란 글을
쓰는 열정이 최고조에 이르고야 자연스럽고 핵심 가치관
을 표출해 낼 수 있다는 게 평소의 나의 지론이다. 이번

시인의 시를 감상하면서 향기 그득한 술독에 빠져 있음 직한 황홀함, 짧지만 깊이와 존재를 인식하는 표현과 세밀한 관찰 등이 일품이었음을 일러주고 싶다.

군불 같은 시인 이경석

김한아(시인)

시인 이경석은 자신의 길을 누구보다 성실하게 걸어온 시인이다. 사물을 객관화하여 바라보는 시각이 뛰어난 시인의 시에는 시인이 가지고 있는 정신세계와 삶 속에서 찾아지는 철학과 따뜻한 이성적 시선이 담겨 있다. 이러한 경향은 세 번째 시집 『떠남은 서낭이다』에서도 잘 나타나 있다. 전 작품집 출간 후 삼여 년 만에 네 번째 시집 『아무도 머물지 않았다』를 상재하게 되었는데, 이번 시집에는 대부분 새로운 도전과도 같은 짧은 형식의 시편들이 수록되었다. 시인이 일상에서 느낀 삶의 깨달음 같은 『아무도 머물지 않았다』는 독자로 하여금 '그래, 그렇지.' 하고 말을 하게 한다. 또한, 시인은 시의 공간을 자연이 펼쳐진 강원도 횡성과 거주하는 구리시를 오가며 시의 외연과 내연을 확장하고 있다. 그 과정 선상에 있는 『떠남은 서낭이다』에 수록된 시에서도 볼 수 있는데, 시 「메꽃」은 산속에 홀로 핀 꽃 한송이에게 먼저 말을 걸고 대화를 하는 것이다. 이처럼 시인은 사물을

바라보는 시선을 다양하게 넓히며 내용이 깊어지는 시를
쓰고 있다. 이런 일련의 과정은 이번 짧은 시편에서도 이
어지고 있다. 시인은 각 시편에 화두를 던져 자신에게 먼
저 말을 걸고 독자에게 말 걸기를 하고 있다.

> 잔망하지 않아 묵묵하고
> 길가 잔가지 끌어모아
> 윗목까지 덥히는
> 너
>
> —「군불」

　그의 짧은 시「군불」은 묵묵히 자신의 길을 걸어온 시
인의 삶을 조명하고 있다. '윗목까지 덥히는 너'로 마무
리하는 구절에서 시인뿐 아니라 삶을 충실히 살아가고
있는 독자에게 그대가 있어 세상이 살만하다고 위로를
건네고 있다.

> 지쳐 돌아오는 그를
> 쉬게 하는 나무
>
> —「Love is…」

　「Love is...」에서는 조건 없이 품어주는 사랑의 위대함
을 자연스럽게 제시하며 이것이 사랑이라 말하고 있다.

넷이 앉아 밥을 먹었다

　　　　　　　　　　　─「행복」

　가족이 모여 한 끼 식사하는 것만으로도 행복을 빚을 수 있으며, 행복은 거창하지 않은 일상 속에서 얼마든지 찾을 수 있음을 일깨워주고 있다. 잃어가고 있는 작은 것의 소중함을 잊지 않기를 바라는 시선이 닿아 있다.

　오랜 시간 깊은 생각과 고뇌에서 나온 시편들로, 네 번째 시집을 출간하는 이경석 시인은 앞으로도 사물과 삶을 다각으로 바라보고 정화하는 시 작업을 통해 시인이 추구하는 시의 세계를 구축해 갈 것이다. 이번 시집은 시편마다 시인이 전하고자 하는 이야기에 귀를 기울이게 하고 있다. 『아무도 머물지 않았다』 속 시들을 만나는 독자에게 큰 여운과 울림으로 또 즐거움으로 다가가길 바라며, 같은 길을 가고 있는 문인의 한 사람으로서 진심으로 시집 출간을 축하드리며 이경석 시인의 다음을 기다리는 것도 즐거운 일이다.

아무도 머물지 않았다

이경석 지음

발행처   도서출판 청어
발행인   이영철
영업   이동호
홍보   천성래
기획   육재섭
편집   이설빈
디자인   이수빈 | 구유림
인쇄   정우인쇄

등록   1999년 5월 3일
         (제321-3210000251001999000063호)

1판 1쇄 발행 2026년 1월 31일

주소   서울특별시 서초구 남부순환로 364길 8-15 동일빌딩 2층
대표전화 02-586-0477
팩시밀리 0303-0942-0478
홈페이지 www.chungeobook.com
E-mail   ppi20@hanmail.net

ISBN   979-11-6855-426-9(03810)